दिल से कलम तक

(कविता संग्रह)

शीतल पंवार वर्मा

Ukiyoto Publishing

All global publishing rights are held by

Ukiyoto Publishing

Published in 2024

Content Copyright © Sheetal Panwar Verma
ISBN 9789361720420

*All rights reserved.
No part of this publication may be reproduced,
transmitted, or stored in a retrieval system, in any form
by any means, electronic, mechanical, photocopying,
recording or otherwise, without the prior permission of
the publisher.*

The moral rights of the authors have been asserted.

*This is a work of fiction. Names, characters, businesses,
places, events, locales, and incidents are either the
products of the author's imagination or used in a fictitious
manner. Any resemblance to actual persons, living or
dead, or actual events is purely coincidental.*

*This book is sold subject to the condition that it shall not by
way of trade or otherwise, be lent, resold, hired out or
otherwise circulated, without the publisher's prior
consent, in any form of binding or cover other than that in
which it is published.*

www.ukiyoto.com

विषय-सूची

पहाड़	1
जुनून	2
री बावरी तू क्यों यूं मचले	6
अल्हड़ उम्र	8
बस्तो का बोझ हैं	10
भीड़ से थोड़ा दूर	12
मेरे पापा	14
नन्ही कली खिल जाने दो	17
मोहब्बत	19
आसान नहीं हैं कविता लिखना	20
यह जिंदगी	21
किताबों संग	23
कल रात नींद में	25
रात हैं गहरी	27
बंजर भूमि	29
जब देखा मैंने इंसानों को	31

सादगी	33
यादें	35
खामोश सी है जिंदगी	37
वो सादगी पहाड़ों की	39
दो पैसे का पत्र	41
कर्त्तव्य	45
खामोशी बयाँ करती है	47
लेखक परिचय	49

शीतल पंवार वर्मा

पहाड़

ऊँचे विशाल से
सीना अपना तान के
आसमाँ को छूते
पहाड़, कितने शान से

ना डर उन्हें बिजली का
ना भय कोई बारिश से
युगों से यूँही खड़े
पहाड़, स्थिर किसी ढाल से

घर जीव जंतुओं का
अंगिनत वृक्ष समाए
देते शुद्ध हवा
पहाड़, बिना किसी स्वार्थ के

जुनून

जुनून भरा हो दिल में,

और हो मेहनत पर अगर विश्वास।

मुश्किल राहें भी पार कर सकता है तू,

अगर दृढ़ संकल्प हो तेरे पास।

जो हंसता है तुझ पर, उसे थोड़ा नजरअंदाज तो कर

रख हिम्मत बाजुओं पर अपनी, तेरे सपने तेरी ही जिम्मेदारी।

विजय होगा तू भी एक दिन,

जरा इन राहों की तपन, सहन तो कर।

जल जल कर निखरेगा तू,

बस पहले, अपनी पहचान तो कर।

बस पहले, अपनी पहचान तो कर।

जुनून भरा हो दिल में,

और हो मेहनत पर अगर विश्वास।

मुश्किल राहें भी पार कर सकता है तू,

अगर दृढ़ संकल्प हो तेरे पास।

गलतियों से अपनी सीख तू

खुद को निखार और तरक्की की राह पकड़।

ना रो गिरने से कभी

जरा देख तो, आखिर कमी कहा रह गई।

अपने टूटे विश्वास को

समेट अब, खुद ही तू।

मेहनत कर और आगे बढता चल।

कौन है खिलाफ यह चिंता छोड़ कर

सच की राह से कभी ना भटक तू।

जुनून भरा हो दिल में,

और हो मेहनत पर अगर विश्वास।

मुश्किल राहें भी पार कर सकता है तू।

अगर दृढ़ संकल्प हो तेरे पास।

री बावरी तू क्यों यूं मचले

मन के भीतर दबी-दबी सी, मेरी एक जिज्ञासा पूछे।
री बावरी तू क्यों यूं मचले, जब-जब बारिश की बूंदे बरसे।

घुमड़ घुमड़ के बादल, बिजली की फुँकार लगावे, तेरा हृदय बरखा में, क्यो बालम से मिलने को तरसे।

कीचड़ की टपकी सी, तेरे घाघरे को मैला कर जावे, सजके निकले जब तू बावरी, पानी की बूंदों से लड़ के।

न रोक पावे पैरों की थिरकन, जब तू दौड़ी भागी मिलने को जावे, सजना बांसुरी बजावे, जब निमवा की छाँव तले बैठे।

मिलन की बेला से मन तेरा घबरावे, तब सिमट के साजन के, गले से तू लग जावे।

री बावरी तू क्यों यूं मचले, जब-जब बारिश की बूंदे बरसे।

अल्हड़ उम्र

अल्हड़ उम्र में मैंने देखा, जान गई मैं रिश्तों का चेहरा
जन्म देकर माँ ने, फिर क्यो ताना मुझे सुनाया॥

कहती हूँ मैं सखियो बहनों इस धरती पर ना तुम आना
जब कदर परिवार ना जाने, तो क्या इज्ज़त संसार करेगा।

अल्हड़ उम्र में मैंने देखा, जान गई मैं रिश्तों का चेहरा

कोई पुकारे मुझे पराई, कोई दे डाले मुझे फिर गाली
क्यो बिटिया तू संसार में आई, क्यो बिटिया तू संसार में आई।

कर के सबकी सेवा देखा, राजा घर का, भईया ही कहलाया।

अल्हड़ उम्र में मैंने देखा, बिटिया तेरा ना कोई अपना

माँ कहती है कर दू कल तेरी सगाई
जन्म देकर बेटी मुसीबत है मैंने पाई

मैंने माँ से फिर से पूछा माँ मैंने क्यो जन्म है पाया

माँ मैंने क्यो जन्म है पाया, जो तूने भी ना अपनाया

अल्हड़ उम्र में मैंने देखा जान गई मैं रिश्तों का चेहरा॥

शीतल पंवार वर्मा

बस्तो का बोझ हैं

छोटे-छोटे कंधों पर

बस्तो का बोझ हैं

बड़ी बड़ी ख्वाहिशों में

खो गया बचपन हैं

खिलने से पहले ही

फूल मुरझा रहे

उड़ने से पहले

पंख काटे जा रहे

जन्म होते ही

भविष्य की चिंता हैं

बचपन छीन के

रॉबर्ट बनाएं जा रहे

छोटे-छोटे कंधों पर

बस्तो का बोझ हैं

शीतल पंवार वर्मा

भीड़ से थोड़ा दूर

भीड़ से थोड़ा दूर, एकांत में कुछ पल
खुद से गुफ़्तगू कर लिया करो।

बिखरे ख़्यालों को, मोती बना माला में पिरो लिया करो।
टूटे ख़्वाबों को मेहनत के दुशाले से ढाक लिया करो।

रिश्ते गर दिल दुखाए तो उन्हें विदाई दे दिया करो।
और दर्पण में अपना साथी तलाश कर लिया करो।

खुद से, फिर बेइंतहा, मोहब्बत कर लिया करो।

भीड़ से थोड़ा दूर, एकांत में कुछ पल
खुद से गुफ़्तगू कर लिया करो।

कुछ बातें अनसुनी, अनदेखी कर दिया करो और कभी
बेवजह ही मुस्कुरा दिया करो।

गिर जाओ अगर लड़खड़ा के, तो फिर से एक बार कोशिश कर लिया करो।

बेरंग होती जिंदगी में, खुद ही रंग भर लिया करो।

भीड़ से थोड़ा दूर, एकांत में कुछ पल खुद से गुफ़्तगू कर लिया करो।

मेरे पापा

थक न जाऊँ मैं कभी

वह बस्ता मेरा उठा लेते हैं

पढने से जब जी चुराऊँ

तो डाँट लगा समझाते हैं

मुश्किलों को हरा कर

वह आगे चलना सिखाते हैं

हर पल बढ़ते रहना

यही बात दोहराते हैं

मुझे रोता देख कर

वह ख़ुद भी तो आँसू बहाते हैं

मेरे सपनों की खातिर

वह दिन रात पसीना बहाते हैं

नन्ही बिटिया कह

मुझे गोद में बिठा लेते हैं

ऐसे हैं मेरे पापा

जो हर पल प्यार लुटाते हैं

ऐसे हैं मेरे पापा

जो हर पल प्यार लुटाते हैं

थक न जाऊँ मैं कभी

वह बस्ता मेरा उठा लेते हैं

नन्ही कली खिल जाने दो

नन्ही कली खिल जाने दो

बेटी को भी घर आने दो

माँ के आंचल तले

इस परी को पल जाने दो

नन्ही कली खिल जाने दो

बेटी को भी घर आने दो

सपनों की उठती लहर में

उस लाडली को बह जाने दो

घर के अंगना में इस गुलाब को महक जाने दो

नन्ही कली खिल जाने दो

बेटी को भी घर आने दो

मस्त पवन के साथ इस पंछी को उड़ जाने दो

चांदनी रात में इस चांद को भी शीतलता फ़ैलाने दो

नन्ही कली खिल जाने दो

बेटी को भी घर आने दो।

मोहब्बत

जो बुझती नहीं ऐसी वो प्यास हैं मोहब्बत

जिसकी होती नहीं सुबह ऐसी वो रात है मोहब्बत

जो भरती नहीं दवा से ऐसी वो चोट हैं मोहब्बत

जो सुलझती नहीं कोशिशों से ऐसी वो उलझन हैं मोहब्बत

जिसका मिलता नहीं कोई जवाब ऐसा वो सवाल हैं मोहब्बत

जो मिटती नहीं मिटाने से ऐसी वो तड़प हैं मोहब्बत

जो मिलती नहीं ज़माने में ऐसी वो तलाश हैं मोहब्बत

ऐसी वो तलाश हैं मोहब्बत।

शीतल पंवार वर्मा

आसान नहीं हैं कविता लिखना

आसान नहीं है कविता लिखना
शब्दों को शब्दों से जोड़ना

हर वाक्य का मतलब बिठाना
और फिर उसे एक लय में सुनाना

आसान नहीं हैं कविता लिखना

लोगों के दिल तक पहुँचना
आलोचकों को मुस्कुरा कर सहना

खुद से बेहतर उभर कर आना
और फिर से कुछ नया लिखना

आसान नहीं हैं कविता लिखना
आसान नहीं हैं कविता लिखना

यह जिंदगी

एक किताब की भाँति लगती हैं यह जिंदगी

हर पन्ने पर नई कहानी लिखती हैं यह जिंदगी

हाथों से रेत-सी फिसलती हैं यह जिंदगी

सुख दुख का नकाब ओढ़े हैं यह जिंदगी

कभी ठोकर खाती तो कभी आज़माती हैं यह जिंदगी

कभी रंगों से भरी तो कभी बेरंग लगती हैं यह जिंदगी

कभी सवाल उठाती तो कभी जवाब दे जाती हैं यह जिंदगी

कभी चुभती तो कभी सुकून देती हैं यह जिंदगी

कभी मचाती शोर तो कभी चुप हो जाती हैं यह जिंदगी

कभी दर्द तो कभी मरहम बन जाती हैं यह जिंदगी

नए नए अनुभव कराती हैं यह जिंदगी

किताबों संग

तकलीफों ने मुझे जब भी तोडा, मैंने ख़ुद को किताबों संग जोड़ा।

जब भी आँखों से आँसू छलका, मैंने इनके पन्नों से पोछा।

तन्हाइयों में साथ था सिर्फ़ किताबों का,

इनको कलेजे से लगाकर, मैं बरसों बाद फिर सुकून से सोया।

तकलीफों ने मुझे जब भी तोडा, मैंने ख़ुद को किताबों संग जोड़ा।

इनकी कहानियों से मैंने, अपने जीवन के अनुभवों को समझा।

लेकर कलम मैंने अपनी, इनके पन्नों पर दर्द उड़ेला

खामोश इन किताबों में मैंने, अपना एक दोस्त है पाया

तकलीफों ने मुझे जब भी तोडा, मैंने ख़ुद को किताबों संग जोड़ा।

कल रात नींद में

कल रात नींद में

एक सपना फिर दोहराया था

मैंने पकड़ा था हाथ तेरा और तू साथ छुड़ा रहा था

कल रात नींद में

मैंने तुझे करीब से देखा

झुकी सी तेरी नजरों में इश्क़ मेरा अभी भी ज़िन्दा था

कल रात नींद में

यह दिल कुछ घबराया था

तूने मुझे सीने से लगा कर खुद से दूर जाने को जो कहा था

कल रात नींद में
एक सपना फिर दोहराया था।

रात हैं गहरी

रात हैं गहरी सन्नाटे से भरी

चुपी-सी नजाने यह क्या कह रही

गुमसुम-सा हैं चांद और जला रही हैं उसकी चांदनी

आँखों से नींद कोसों दूर हो चली

करवटें बता रही छुपी हैं मन में कोई बेचैनी

शीतल हवा भी तड़प बढ़ा रही

कहने को हैं बहुत कुछ लेकिन कोई सुनने वाला नहीं

अकेलेपन की यह कैसी हैं घड़ी

अपनों में मेरा कोई अपना ही नहीं

रात हैं गहरी सन्नाटे से भरी

चुपी-सी नजाने यह क्या कह रही।

बंजर भूमि

कहती हैं यह बंजर भूमि

बस कर इंसा तू अपनी करनी

घुटता हैं अब साँस हवा का

मैले हो गए तट और सरिता

पूछे, जलते और कटते वन

बता, कहां बचा हैं जीवन

अंबर बिखेरे नीर विष भरा

मरते किसान रोज ही यहाँ

कभी लगती थी जो सुबह सुनहरी

आँखों में चुभती अब उसकी लाली

इसलिए कहती हैं यह बंजर भूमि

बस कर इंसा, बचा अब अपनी धरती।

जब देखा मैंने इंसानों को

देखा मैंने ऊँची इमारतों में रहते इंसानों को, दिल से सूने और जज़बातो से हारे लोगो को...

मुश्किलों में पड़े इन परिंदो को ,अपनों से ही हारे इन रिश्तो को

गम के सैलाब से टूटे कुछ अरमानो को, अंधयारे से घिरे अफसानो को

देख इस दुनिया का रंग,कहता है मुझसे मेरा मन ।

पकड़ ले कोई डगर तू राही, खुद का ही बन जा अब साथी तू

फरियाद इन हैवानो से क्यो करता तू,भरले नई उमंग तू

बना के खुद की एक राग, खो जा खुद की धुन में तू

किस के लिए आया, जी ले खुद के सपनें तू
अपनी चाल पर कर नाज ,न डर किसी से जब सही है तू,

हार के भी तुझको जीतना है, कर कुछ ऐसा बुलंद विश्वास तू,

जब देखा मैंने इंसानों को, दिल मेरा समझाता है यूं।।

सादगी

सादगी तुम्हारी खास हैं
सजावट की कहां मोहताज़ हैं
वह खुद में ही कमाल हैं
वह खुद में ही कमाल हैं

चूडी की खनक तुम्हारी आवाज हैं
पायल का शोर तुम्हारी हँसी हैं
नैनों में कजरे की क्या जरुरत
आंखें तुम्हारी पहले ही कयामत हैं

सादगी तुम्हारी खास हैं
सजावट की कहा मोहताज हैं
वह खुद में ही कमाल हैं
वह खुद में ही कमाल हैं

तुम हो कोमल और मुलायम सी
जैसे कोई छुई-मुई या गुलाब सी
लाली और बिंदी की तुम्हें क्या जरुरत
मुस्कुरा दो तो चेहरा ही तुम्हारा फूलदान हैं

सादगी तुम्हारी खास हैं
सजावट की कहा मोहताज़ हैं
वह खुद मे ही कमाल हैं
वह खुद मे ही कमाल हैं

यादें

यादें तो आज भी हैं

लेकिन यादों में अब वह बात नहीं

दर्द तो आज भी हैं सीने में

लेकिन दर्द में अब वह आह नहीं

आंखें तो आज भी नम हैं

लेकिन अब इनमें तेरी तलाश नहीं

उलझने तो आज भी हैं

लेकिन अब तुमसे कोई सवाल नहीं

बेताबी तो आज भी हैं

लेकिन अब तुमसे मिलने की चाह नहीं

बेचैनी तो आज भी हैं

लेकिन अब तुमसे कोई नाराजगी नहीं

दुआ तो लबों पर आज भी हैं

लेकिन तुम्हें पाने की नहीं भुलाने की

यादे तो आज भी हैं

पर यादों में अब वह बात नहीं।

खामोश सी है जिंदगी

खामोश-सी है जिंदगी, चुप से हैं हम।
ना जाने किस कशमकश में रहते हैं हम।

करता है सवाल मेरा दिल मुझसे,
किसकी है तलाश तुझे, जब सब कुछ है पास तेरे।

खामोश-सी है जिंदगी, चुप से हैं हम।

कुछ छूट गया है,

पर ना जाने वह क्या है।

और जो पास है मेरे, वह अधूरा-सा क्यों लगता है।

रहती है एक तलब, कुछ पाने की तड़प सी।

लेकिन फिर दिल समझता है मुझे
जो पास है तेरे वह कितनों के नसीब में नहीं।

खामोश-सी है जिंदगी, चुप से हैं हम।
ना जाने किस कशमकश में रहते हैं हम।

वो सादगी पहाड़ों की

वो सादगी पहाड़ों की,

मेरे दिल को यू भा गई,

की रास ना आई...

फिर शहरों की चमकती जिंदगी।

वो नदी और झरनों की चंचला,

देवदार और चिनार के ऊंचे पेड़,

इस कदर बस गए दिल में मेरे,

की रास ना आई...

फिर शहरों की चमकती जिंदगी।

कुछ अलग-सा था,

कुछ अपनापन-सा था,

उन तंग-सी ऊंची नीची गालियों में,

जो मुझे अपना बना गई,

की रास ना आई...

फिर शहरों की चमकती जिंदगी।

दो पैसे का पत्र

नहीं है वह बात, मोबाइल में।

जो बात हुआ करती थी,

स्याही से महकते पत्र में।

जब पूछते थे हम, डाकिया भैया से।

क्या भेजा है हमें,

प्यार भरा खत किसी ने।

एक छोटे से कागज के टुकड़े में, जो घूम कर आता था ना जाने, कितने शहर, गली और मोहल्लों से।

एक अपनापन-सा हुआ करता था उस दो पैसे के पत्र में।

जब दिल थे सच्चे और रिश्ते हुआ करते थे पक्के,
आज महंगे है फोन और रिश्ते हो चले है सस्ते।

कर्त्तव्य

जिम्मेदारियों से दूर नहीं, जिम्मेदारियों को पहचानो तुम।

कर्त्तव्य है, अब तुम्हारा, अपनी पृथ्वी को निखारो तुम।

कट गए जो पेड़ पौधे, फिर से उन्हें, रोप डालो तुम।

नदियों और झरनों को, स्वच्छ फिर से बना लो तुम।

विष भरी हवा से, यह प्रदूषण मिटा दो तुम।

बंजर होती धरा को खेत मैदान बना दो तुम।

व्यस्त अपनी जिंदगी में श्रृंगार भूमि का करो तुम

पर्यावरण है अनमोल, इसको अब बचा लो तुम।

जिम्मेदारियों से दूर नहीं, जिम्मेदारियों को पहचानो तुम।

कर्त्तव्य है, अब तुम्हारा अपनी पृथ्वी को निखारो तुम।

खामोशी बयाँ करती है

खामोशी बयाँ करती है,

की दर्द बहुत गहरा है,

चोट लगी है सीने में,

और जख्म अभी हरा है।

है कशमकश इस दिल में,

की साथ मेरे क्या हुआ है,

यूं तो बह रहा था रिश्तों के समंदर में,

फिर भी धोखो की आग में जला हूँ मैं।

दर्द ही दर्द मिला मुझे इस जमाने से

अपनों ने भी साथ तब छोड़ा जब था मैं उम्मीद में

फीके से हो चले अब ज़ज्बात इन रिश्तों के

और मिला सिर्फ अकेलापन मुझे बदले में।

कहने को शब्द नहीं,

अब बेजुबान-सा रह गया हूँ मैं,

मेरी खामोशी बयाँ करती है,

के अब अंदर से भी टूट गया हूँ मैं॥

लेखिका के बारे में

शीतल पँवार वर्मा

शीतल पँवार वर्मा दिल्ली से हैं। कई जाने-माने स्कूलों में काम कर चुकी है। इनकी दो बेटियाँ हैं इन्हें अपनी दोनों बेटियों के साथ समय बिताना सबसे प्रिय है। पहाड़ी स्थानों में रहने के कारण पहाड़ों से बहुत लगाव है। इन्हें कहानियाँ/कविताएँ लिखना और पढ़ना बहुत पसंद है।लिखने के साथ यह योग, नृत्य और चित्रकला में भी रुचि रखती हैं।

इनकी अन्य प्रकाशित पुस्तकें

The Television 2019

डिलीवरी बॉय 2019

गहना 2022

चिल्ड्रेन बुक ट्रस्ट बाल कहानी लेखन प्रतियोगिता 2023 विजेता

www.ingramcontent.com/pod-product-compliance
Lightning Source LLC
La Vergne TN
LVHW041638070526
838199LV00052B/3433
* 9 7 8 9 3 6 1 7 2 0 4 2 0 *